歌集
雁金草

野口三重子

六花書林

序

平山公一

二十名近い流山歌会の私の席の前には、小さな花瓶に毎月さりげなく花が活けられている。いつも野口さんが庭の花をお持ち下さるのだ。露草色の可憐な花が飾られていたのは昨年の九月だっただろうか。花の名を伺うと、それが「雁金草」だった。

ああ雁の渡る一声きくころか雁金草の花にふる雨

歌集のタイトルとなった一首である。野草や野鳥を愛し「茶道（表千家）」にも造詣の深い著者だから、それらの歌から入るべきだろうが、多くをしめる息子さんの歌から紹介したい。いったい何首詠まれているか数えてみたくなるほどだ。

医師に背き生み育みて十七年息子《こ》は健やかに青春の中
七年の思ひを込むる息子のオーボエ響けホールの満座の胸に
常は疎遠いざといふ時わが息子愛の袋を開けつつものいふ

乙女きて息子《こ》と眺めゐる紋付き鳥明るさひろごる一日となる

医師の反対を押し切って生み育てた一人息子の趣味は音楽、オーケストラのオーボエ奏者でもある。年齢を重ねても三首目の歌のような優しさがあり、著者の喜びは一入である。また息子の婚約者を見る著者の目も温かい。

もうだめと思ひし時もある命今この刻を宝と思ふ
「五十まで生きられる君と思はざりき」言はれて旅は輝きを増す
病む窓に星動きゆき四歳児思ひて幾夜朝はきつるよ

医師の反対を押し切った著者のその後が垣間見える歌だ。息子が四歳の時の大病、まだ三十代半ばの著者に訪れた危機。自分が死んだらこの子は……という思いが切々と伝わって来る。そんな過去があるから「今この刻を宝と思ふ」という気持ちが沸々と生じるのだ。

野草野鳥の好み延々と語らひて冬夕焼けを背にして帰る
「花恋人《カレント》」なる個人の庭は花盛り一客一亭の椅子のみ置かれ
深呼吸のちの点前座あかるみて三十人の御前に座す
大山蓮華咲く季くれば蕉雨園の彼のお茶席の甦りくる

野草や野鳥を愛する同好の友と、日がな一日楽しい会話に満足した様子が伝わる。「一客一亭」は茶道の言葉で「一人の客と主人だけの不時の茶会」（広辞苑）のこと、花好きの個人の庭のたたずまいにふさわしい。「茶道」の歌については門外漢の私が多くを語ることは不要だろう。「蕉雨園」は文京区の旧田中伯爵邸、一般開放はされていない。由緒ある大きな茶会だったと想像する。

植物や鳥を愛する著者が自然を破壊する社会に向ける目は厳しい。「百二十センチ…」はアウシュビッツ展、具体描写が哀しい。次の歌は博物館友の会会員の頃に印旛沼の汚染に取組んだ時、次は戦地にて生きながらえた兵の体験を聞き平和を願う一連から。「ダモクレスの剣」（ダモクレスを馬の毛一本で吊るした剣の下に座らせた故事）とは繁栄の中にも常に危険があることの喩で、原発を言うのに相応しい。

百二十センチ潜るは生死の境目と知りし子は首を懸命に伸ばす
川上の人のモラルのバロメーター排水機場に集まるもろもろ
壕内に畜生となりはて命つぎぬと平和願ひて君語り出づ
「ダモクレスの剣」か原発五十四基危険はらめる日本列島

長年「茶」を学び、後年は「手話」も習得される「ガンバリヤ」さんである。ご自分の大病を克服されての今日だがご主人の看病も優しい。多くを言わない下の句の「命を包む真白き肌着」が絶妙で著者の気持ちが遺憾なく包まれている。子どもさんの独立の時、また八十歳の掉尾近くに置かれた「ありのまま生きて…」も前向きであることが嬉しい。

病院の夫に逢ふたび持参する命を包む真白き肌着
失聴の友と心を通はせむ手話の講座に席をおきたり

自立へと心弾ます息子《こ》を見つつさあ楽しまむ私の人生
ありのまま生きてゆくのよ我のみの一度の人生いまの呼吸で

著者が帯状疱疹後の神経痛に夜も眠れないほど苦しまれたのは三年前だっただろうか。それゆえ「今月は欠詠します、残念です」と便りを戴いたが、何とその一週間後「出来ました！痛みおさえて頑張りました」というメモとともに当月の詠草七首が送られて来たときの喜びを思い出す。このことからも解るように、昭和六十一年の入会以来、三十数年の〈無欠詠〉が続いている。

その間に詠まれた歌は優に二千首を超えている。そこから選りすぐっての今回の傘寿を期しての上梓である。一首でも多く、みなさまの心に残る歌があることを願っている。

平成三十一年二月

雁金草＊目次

装幀　真田幸治

雁金草

息子

昭和六十二年

もうだめと思ひし時もある命今この刻を宝と思ふ

医師に背き生み育みて十七年息子《こ》は健やかに青春の中

定演のライトに光る息子を見つめ身《み》動《じろ》ぎもせ
ぬ我に気づきぬ

七年の思ひを込むる息子のオーボエ響けホー
ルの満座の胸に

汗光らせ一心に吹く息子は楽し此のひととき
を我も楽しむ

合格通知

昭和六十三年

床叩きリズム刻むを注意すればストレス解消
と受験の息子《こ》は笑む

合格通知天に差し上げ跳ねる息子をただただ
我も立ち尽くし見つ

歓びの電子郵便運びきし赤きオートバイに深々と礼

合格の歓び全身で表したる息子は去り居間の時計は刻む

息子の遂げし歓び家族で分け合ひて手巻き鮨囲む話題はひとつ

息子の好きな曲が部屋より聞こえゐて寛ぐ姿
思ひ浮かべる

雪山をひた滑りゐむ受験終へ心の張りを解き
放しし息子は

息子は正に知的好奇心旺盛に大学生活へ一歩
踏み出す

崩御

平成元年

花冠より香気放てるシンビジュウム日々衰へて昭和終はりぬ

葬送の列は進みぬ道《みち》楽《がく》の調べ響かふ「哀《かなしみ》の極み」

知らされて日本の悪事今ここに天皇崩御にふ
き出づる感情

世界の眼ひと日日本に集まりぬプレスセンタ
ー千五百人の発信

大喪の終はりし夜を外国の厳しき反応しみじ
みと聴く

アウシュビッツ展　　平成二年

家畜貨車に詰め込まれ来しアウシュビッツ人々の心想ふ苦しさ

ガス室へ知らずに歩みきし子等の小さき靴霞むアウシュビッツ展

百二十センチ潜るは生死の境目と知りし子は
首を懸命に伸ばす

妻子愛で正常人のその仕事日々虐殺をつづけ
しナチ党員

手提げ籠トランク並ぶ遺品展魂の抜け殻見る
おもひして

黙禱

朝な夕な慰めくれし老松に落雷あれば仰ぎ嘆きぬ

キャンプにと早朝発ちしわが青年山の嵐気に嬉々とゐるらむ

一兵に徹せし柊二の歌浮かび終戦記念日黙禱に入る

ひきよせて寄り添ふごとく刺《さ》ししかば声も立てなくくづをれて伏す

閉めし戸を又開けのぞく松に月惜しみて雨戸しめかねてゐつ

「おばちゃんの家で見る月きれいだね」男児の感性知りて愛しき

旅

運転は君におまかせ春を咲く花すこやかに眼
にうつしゆく

蒼空を切裂く如くまつすぐに高速道路ひた走
りゆく

梓川の雪解け水は響かひて柳の根方勇み過ぎゆく

薄命と言はれきし身に五十路きて楽しきこともありて万感

「五十まで生きられる君と思はざりき」言はれて旅は輝きを増す

臥す三四二ひたに妻待つ歌よめば我も夫待ち
し日々に重なる

妻を待つ昼の間ながし妻かへす夜の刻《とき》ながしただ臥すのみに

すこやかに在る日生まるる優しさを電話の向
かうに喜びくるる歌友

郭公

平成三年

見上げたる空に声あり郭公の朝の一声われ浮きたたす

「カッコウ」と一声朝の気に透り足のばしゆく鳥はすがしも

瑞若葉の公孫樹を見上げた衝動に登ってしま
つたジーパンの青年

家に籠るわれに息子は運びくる若者社会の新
鮮な息吹

窓の開く心に仰ぐ茜雲あすもあさつても見え
隠れして

さみどりの大葉の梢にしづもりて朴の花々香
を放ちをり

窓開き髪なびかせて駆ける車みどりは溢れあ
ふれてトンネル

たわわなる杏子の高枝に手を伸ばし共につか
まむ楽しき心

自然破壊

熱帯雨林の破壊は貧困にありといふ地場産業
にヤシの種ボタン

商社みな環境対策の旗揚ぐる破壊してきし免
罪符かも

乱開発が生態系をくるはせて鳥、虫の声をC
Dに聞く

浄水場発癌物質汚染記事逃れやうなく咽喉《のみど》乾
きぬ

タンカーの事故に汚れし海岸の石一つづつ洗
ふボランティア

羽撃く

平成四年

一人息子の入寮荷作り共にして羽撃く時のいよよ近づく

初任給で何が欲しいと問はれても入社式前二日のことなり

入寮の息子は如何に　緑風の渡る夕べに受話
器持ち上ぐ

「出来ました僕の名刺」と差し出して社会人
の顔の息子となりぬ

自立へと心弾ます息子《こ》を見つつさあ楽しまむ
私の人生

花

新緑の放つ気のなか風となり心ゆれゆく遠近《をちこち》
の野に
次々に咲きつぐカラーは白き花私の陽気さ取
り戻したく

「カッコウ」と声響かへば身をのばし幸せ呼ばふ声かと思ふ

見下ろせば大利根川に赤き橋穏やかにあり菜の花の黄と

ベルふたつ鳴りて切れたり　今誰か我を思ひくるる人のあるらし

水底を泳ぐ心地のこの日頃浮力を欲して空を
仰ぎぬ

朝光の網戸に止まるヤブキリの四肢踏ん張り
てかくは生きよと

共にゆかば楽しからむと山の花の図鑑を指し
て夫は語れり

青春

平成五年

熱戦のバレーボールを見るときにわが青春の
記憶耀く

カツヲ凧蒼空におよがせ魚屋の男のロマン大
き海なり

木々の芽を促し春の雨は降り海棠の蕾ぷるん
と身震ふ

外《と》の面《も》行く歩行者かろきリズム持ち我は時間
を浪費してゐる

雨霽れて生気もどれる畑土は湯気吐きゆるる
生きもののやう

後顧の涙

兄の通夜月下美人は香を放ち血縁にのこす数多の名残　（兄三郎）

暁暗にカナカナひとつ鳴き初めてわが頬伝ふ後顧の涙

追憶は同居の頃の日々なりき「色々ありましたね」と笑まふ遺影に

盆の月窓より射しぬ帰りきし兄の御魂の安堵のまなざし

松虫の鳴けば想はる去年の通夜兄の亡骸になき通しし虫

三十周年　　平成六年

あけぼのの空に向かひて旅発ちぬ三十周年の
君との記念

白き富士つと現るる高速路みよとぞ二人今朝
の喜び

茶畑は整然として霜よけの扇風機ぴたりと止
まり快晴

京言葉みみに優しき少女らと四条大橋渡りゆ
くなり

大杉の研ぎあふ音の比叡山根本中堂凛として
建つ

花の香

蒼天に万花掲げて白蓮の白極まりて誇らかに
見ゆ

迷ひこみし小径の視野は花畑ただただ さずにまよ
ふ満たさるるまで

花の香に迷ひほぐれてきたるとき命にひたひた寄せてくるもの

三十株の「ホワイトクリスマス」薔薇園の五月の空に鬱投げ返す

退職の君は祝はれ抱へくる大き花束大照れの笑み

三十八年の労ねぎらはれたる夫と桜花降る道
を歩めり

一片づつこぼす真紅のゼラニュウム杳きこと
のみ思ひ出だしぬ

菜の花の溢るる径を夫と行く婚約成りしあの
日の香りに

取材　　　　平成七年

霧の中百舌の鋭き声聞きしとき意欲勝りて決断はなる

『印幡沼の漁と汚染』を著さむ東奔西走に我は明るむ

印旛沼四方よりながめ声も聞く研究報告ひと
つなさむと

決断はさらなる意欲かきたてて参考文献つみ
あげて読む

川上の人のモラルのバロメーター排水機場に
集まるもろもろ

蛙雲を雅号となせる気象学者と夢は空馳せ取
材終へたり

成し終へて夜空を仰ぐ如月の星のまたたき充
足もまた

如月の月光頭上にいただきて稿終へし夜を眠
らむとする

お席開き　　　　平成八年

香ふたつ炭にまかせて席入りの前の緊張抱きて炉辺に

「雲悠悠水潺々《せんせん》」の軸のまへ席主となりて点つる茶一服

黒楽に映ゆるお濃茶ふくみつつこの幸せが身
をほてらせる

茶を飲めば五臓六腑のよろこびて朗ら朗らに
なりゆくまひる

お疲れの出ませぬやうにと労はられ胸温かく
端座してをり

白雲に乗りて

鬱はらす梅雨の晴れ間の大空に白雲を掃く大
き御手見ゆ

白雲に乗りて悠々ゆくものか高き青空兄は逝
きたり
（兄康光）

喪にこもる軒の青葉を雨すだれ終日濡らせば
軽み欲しぬ

日の経ちて亡兄の言葉が鮮明に「遊びに来い
よ」駆けゆかむかな

訪ふ窓に揚げ雲雀鳴き杳き日の空は傾きむく
むくと起つ

青丘師　平成九年

紅葉の葉を打つ雨音高まりて耐へゐし思ひあふれむとする

青丘師『晩暉』を残し逝きませりああ人生の起承転結

円覚寺方丈内より聞こえくる絢子師の決意し
かときききとむ

冬晴れに鎌倉の気はしまりたり二千社友の一
人の自覚

あこがれて訪ひきし杳々山荘に青丘師の声聞
こえくるがに

身の内を一瞬走るものありて文学館へと若葉
のトンネル

鎌倉はゆつたり時のながれゐて木蔭にリスと
見つめあふひとり

われに棲むこの憂愁をいかにせむ高空を行き
雲は意志めく

待つ

秋づけば花を頼みて種子を蒔く紅いだく膨らみほしく

淋しき日野草の種子を数多蒔き花咲く季をわが裡に待つ

さわさわと鳩は羽音を降らせ飛ぶ解かれしよ
ろこび撓へる翼

疲れたるを労りゐる日の雨の音やさしく包ま
るる心地に居眠る

大空に心を解放したきとき純白大菊賜はる真
昼

一茶

早朝の高原に立ち鳥樹木われは融けゆき同化しそめぬ

生涯を閉ぢし土蔵に踏み入れば一茶の悲哀にたちつくすなり

下総の双樹の酒蔵越後節一茶の心潤《ほと》びゆきしか

新緑の風生むあした一茶館に双樹は一茶のパトロンと聞く

「北信濃浪漫街道」放浪し花、人、出合ひ満ち足りし旅

春

平成十年

庭隅にほんのり春のウグヒスカグラ今日のお出掛け着物は萌黄

里人の四季の寝起きの感慨を想ひつつあゆむ梅咲く小径

里山の春の芽吹きの下径は清水ちよろちよろ
雉子を遊ばす

気負はずにペース保ちて行かむとす花弁ひら
ひらパンジーの春

春づける景色まなこに映しつつバスに揺れを
り歌会の待つ

秋

道をゆく人の気ままな口笛は長月の朝の涼風
にのる

天空はわが屈託の捨てどころかぎりなき青に
微笑まむ明日

街空にありし白雲朱に染め秋のひと日の暮れ
はやまりぬ

月の夜もまた楽しかり友とゆく三十五分のウ
ォーキングコース

澄める秋着物の裾を捌きゆく凡人われの浮き
たつあした

帯を解く解放感は肉体のよろこびとなりふくふくふくる

昨夜の雨に槻はぞろりと葉を落とす忘れてしまはむ君との会話

「おかあさん」インコに呼ばれてにんまりと一人息子は遠くに住まふ

おみくじ

平成十一年

挫折感を希望にかへたおみくじをポケットに

忍ばせ朗らかに行く

ラッシュ時の人波にのまれわが歩調合せて気

付く家妻安住

風邪の眼にも明るむ障子に気配あり野鳥の水浴恋のよそほひ

発つまへのタゲリ見せむと枯原に誘ふこれも君のやさしさ

髪飾りおしやれなタゲリ闊歩する「綺麗だらう」と念をおすらし

「あなたの心計り兼ねます」と言へぬまま縺
れ合ふ蝶目の前過ぎる

ブルックナーの交響曲の余韻抱き師走の街へ
紛れ入りゆく

諸々の楽器の交響のこりゐて心は豊かに街は
黄昏

ＩＣＵ

平成十二年

夫の心拍ＩＣＵに響かひぬ毛布にぎりて朝は来たれり

緊迫の夜は明け一人病廊へ生まれたばかりの風のほほゑむ

陽当たりのいぬふぐり草の喜びをわがものとして歩みゆるめる

花房の梢に三日月うかぶ夜こころゆくまで見上げてひとり

目覚めしは古刹の鐘の響きなり余韻のなかに現《うつつ》もどり来

師弟愛

峡に湧く霧深ければ紅葉のしづもる森に雪近からむ

化粧ふ山悦ぶわれに女将さんは雪近き秋嫌ひと言ひぬ

旅日和峠をふたつ越え来たり貞心尼の碑と柊二記念館

紅葉の深山を出でてたどりつきし柊二記念館の師弟愛ぬくし

「柊二よ祈つてる」師白秋の愛を懐きて戦ひし柊二

朝茶

たつぷりと水を撒き終へ露地草履そろへて朝
茶の客を待つのみ

迎へ付け黙して頭をたれしとき朝日は正に昇
らむとする

掛かりゐるお軸は「清流無間断」朝茶の席に
涼風生るる

遠山灰に炭あかあかと映る席消えゆくものへ
のこの愛惜は

夏足袋は畳を行き交ひすがすがと宗旦木槿は
竹丸太舟に

心傾け茶を点てしとき客とわれ柔和な視線交
はしあひをり

一刀彫りの鴛鴦香合撫でまはし開いて閉ぢて
また開き見ぬ

誠もちて客もてなしし今日の茶事余情の中に
しみじみと居る

夜咄の茶事

夕さりの席入り待たるる腰掛けに手焙りなでつつ我はづみゆく

夜咄の手燭の交換迎へつけ頭をさげてほのぼのと居る

寂じやくと夜咄すすみ主客一体一期一会に炉
は赤あかと

御茶事一会互換の礼をつくしつつ和敬静寂の
世界に入りゆく

子灯《こともし》の下に拝見香合の赤き提灯笑みこぼれく
る

渇欲の命　　　　　　　平成十三年

腫瘍ひとつ頭に深々と宿るゆゑ渇欲のいのちの羅針狂ひぬ

「焦るなよあせるなよ」とぞいふ君の父のやうなる顔に頷く

薔薇の花のボディシャンプーたつぷりと現し
身愛し今宵ことさら

寂しさは夜の階段のぼらせて一人見あぐる月
十三夜

昨日につづく今日を動ぜず生きゆかば思ひの
深さが未来を拓かむ

冬庭に純白三輪ほころびぬ清楚に生きるクリスマスローズ

病む身にも誕生日あり祝はれて顔と心のアンバランスなり

月光の雲に出入りのたよりなさ定まりしとき皓々と輝る

希望の扉

希望の扉たたきつづけたり決断は勇気ともな
ひ手術へとむかふ

今の気持ちあらはす言葉われになく十階の病
窓《まど》に雲ながめゐる

傷つきやすき心の補修を繰り返し強くならむ
と思うてみるも

癒さるる言葉つらなる枕辺の本なでてゐる
『もうすぐよくなるよ』

新緑を潤す雨をつくづくとながめて家居の実
感にゐる

手術

彼岸此岸浮遊し此岸にたどりつき術後の命確認の手足

六時間の手術に耐へし朝の命氷のかけら口にまろばす

うす衣を脱ぐがに回復今朝の窓ひとは手足を
ふりて歩める

誰もかも生き生きみゆるそんな時「もうすぐ
よくなるよ」自分につぶやく

健康な笑ひ声残し去る友についてゆきたく病《ま》
窓《ど》にはりつく

あきらめず信じて今日を待ったから笑顔と笑顔の挨拶がある　（退院）

蟬なけば夏を生き居る実感につるつるつるつるとさうめん啜る

師も友も我が身案じてくるる日々笑顔で出席したき歌会

愛の袋

語らむか遠き子育て雨の日は温めきし過去ふともらしゐる

病む窓に星動きゆき四歳児思ひて幾夜朝はきつるよ

常は疎遠いざといふ時わが息子愛の袋を開け
つつものいふ

午後十時オフィスよりくる息子《こ》の電話互ひを
想ふ言葉のゆきかふ

夕晴れは雲を染めたり遠き息子のオーボエの
音聞こえ来るがに

息子婚約　　　　平成十四年

おだやかな新年祝ふ老いふたり紋付き鳥も窓
辺に遊ぶ

乙女きて息子《こ》と眺めゐる紋付き鳥明るさひろ
ごる一日となる

屠蘇に祝ひうましうましと煮物碗まんぞく顔の四人となれり

古代朱天竜寺形煮物碗に真《しん》薯《じょ》は映えてよろこびを生む

元日の夕べ電車の音透り黄金の雲を浮かべ暮れゆく

春の海

平成十五年

木々の芽を促すならむ春雨は今日も降りつぎ林煙りぬ

疑問符をならべてみたきこんな日に黄色を捻り巴草咲く

決断をせまるメールを受けてより促すごとく
雨音たかまる

歌友四人「この頃元気でよかつたね」言はれ
て思はずコーヒーで乾杯

ひと日降りひと夜ふりつぎ雨上がる濡れる芽
立ちに春陽耀く

誘はれ海のさざ波窓のそと歓喜を懐き二日遊べり

さざ波は渚にやさしく春の海舟はゆつたりわれもゆつたり

桜前線追ひかける旅話にも花を咲かせて四人姉妹の

眼には緑あふるる山荘に満たされて手足をのばし三日過ごせり

身を起こしテッペンカケタカ鳴く声に耳かたむける初夏はきぬ

市長選

差し出せば一枚のビラ受け取られ安堵の一瞬
ボランティア初日

意志と願ひ込めて駅頭に配るビラ　人、人、
人の誰か見てゐむ

体験はわれの良識育てたり市政をまかす人を
信じて

市長選反芻しつつこの朝ナンヂヤモンヂヤの
元に憩へる

思ひつきり万歳をしたその日より市政をイン
ターネットに見守る

雁金草

一冊の本に変化をもたらされ優しさいだく初秋はきぬ

ああ雁の渡る一声きくころか雁金草の花にふる雨

街上を「夕焼け小焼け」流れきて子供の声の
ほしき空間

「花所望」我が手に生けし秋草は生気を生め
り人に茶室に

紅葉に明るむ道を歩みゆけば摂理の一語浮か
びきたりぬ

しづかならざる心懐けば大空に項さらして種
まきつづける

焦燥は月のもとへと放りしに目覚めの床に早
も戻りく

動くこと厭はぬと言ひ来し夫も老い二人で一
人の日常となる

冬隣さみしさ懐くわが庭に小鳥は群れて鳴き
かはしゐる

クツワムシ、スズムシ響くわが町に「オオタ
カの森」なる駅生まれたり

炉開き

平成十六年

立冬をわが炉開きて汲むひしやく湯気の向かうに友待ちかねる

茶の心分けあふ会話の温かさ初冬のひとひ暮れ早まりぬ

蹲ひに野鳥の羽振り聞きとめて障子の内に声
ひそめあふ

懐石に季節を満喫外腰掛けの眼には楽しき紅《べに》
大文字草《だいもんじさう》

うつすらと霜を置きたる寒菊を模せるお菓子
が掌中にあり

花

花桃は岸辺に菜の花したがへて春のよろこび
風に躍れる

春愁は晴らされてゆく桜のもと杳き時間をひ
きよせて佇つ

初うひしき乙女子にあふ心地して山芍薬の白花愛でる

小判草揺れる草原に休らへば飛翔願望そだてる青空

大楢を森の奥処に見上げれば蒼蔦高みに我をいざなふ

一輪の山百合の香はおもひでを驟雨のごとも
身に滴らす

撫子のピンクの塊《マッス》懐くとき裡なるページ塗り
替へられて

デジタルカメラ下げてぶらあり行くときの空
白破る小綬鶏の声

茶会

平成十七年

炉の燠はわれに責務を自覚させ昂まりおぼゆ
点前座に座す
（護国寺）

深呼吸のちの点前座あかるみて三十人の御前
に座す

一碗の茶に正客の言葉あり笑顔添へられ笑顔
でかへす

このお席感無量といひ去りゆける白髪のひと
の後姿《うしろで》わすれじ

われもまた名残の席を楽しまむ「春雨紅椿に
かかる」お軸に

お茶会に力そそぎて今日は晴れゆつたり亀を
ながむる吟行

延べ段をあゆめるときに露地草履のかろき足
音幻にゆく

大山蓮華咲く季くれば蕉雨園の彼のお茶席の
甦りくる

戦争

平成十八年

玉砕とは玉が美しく砕けること硫黄島六十一年経てきく無残

戦争の酷さを語る生存兵の想像絶する事実に絶句

銃撃つに死体を楯に戦へば自は守られて戦場なりき

戦時下の教育身に染むおそろしさ呪縛となりて壕出られず

壕内に畜生となりはて命つぎぬと平和願ひて君語り出づ

守りなむ広げむ世界に平和憲法戦争犠牲者の
血潮の代償

米兵はこころに深く痛みもちイラン帰還後自
が命断つ

人間は愚かな面を露呈して戦争未だ止むこと
のなし

七十余年徴兵制なき日本を誇りに思ふこの意
義貴し

戦争は人の心を踏み躙るかつて来た道へ戻つ
てはならじ

万人が未来に希望をつなぐためはつきりノー
と言ふ時ぞ来つ

手話

平成二十年

失聴の友と心を通はせむ手話の講座に席をおきたり

平凡に齢重ねてきしわれが聾者にまなぶ手話と生き方

「こんにちは」指で身体で表現す「ありがた
う有り難う」目を輝かす

お茶室で通じる手話を待つ君にメールで伝へ
るはやる胸内

指文字の尻取り遊びは真顔なり声なきリレー
の二十一人

「すぐ行きます待ってて下さい」指撓ふ手話
の役立つ日も近からむ

表情はこころ透かして失聴の友をわたしは腕
に抱く

手話民話表情ゆたかな語り部の親しき目線は
我のあこがれ

初釜

初衣の躾とくとき光さし障子あかるむ明日は初釜

帯締めてお扇子させばきりりとし淑気満ちゐる初釜の席

初釜の結びの柳ののびやかさ今年も茶の道ゆったりゆかむ

宗啓《そうてつ》の棗の「芽張り柳」見てそよ吹く風を頬におぼゆる

病み袋つくろひつつ来し初釜の席に祝はれ信じがたき古稀

山里の草庵へ子らに招かれて祝はるる甘さ病
身の古稀

息子の酌に一献いただき懐石の春の献立孝行
の味

わくわくとひとひ過ごして明けの日は雪が諸
木を飾りてすがし

茶事の流れ息子に教へむ炭点前しつつ語れば感嘆の声

一服の茶を喫する息子《こ》は正座して作法かなへり幼日うかぶ

正座をし手をつきほほゑむ挨拶は稽古につききし六歳なりき

六月の風

平成二十一年

玄関を開ければ友と緑風と入り来て友の言葉あかるし

つりしのぶ風に遊ばれ初夏を勝手気ままにひとひをすごす

涼風のくれし眠気を受け入れて枕ひきよせ昼のひととき

風の道作りし屋内亡き母の添ひくる日なりこの夏座敷

「もつとしたいおすべり遊びを」泣きし息子《こ》も三十九歳六月の風

麻痺の足

平成二十二年

麻痺の足になりて輝く言葉あり「五体満足」遠き日のごと

揚羽蝶樹間をぬつて飛翔する迷ひ抱きて何かをもとめ

寂しさがこの部屋満たし陽のさせば夏の緑の
障子にさゆらぐ

誰しもが一度や二度は断崖に立つ時あらむ踏
ん張つてゐる

わが意志に従へぬ足を湯に入れてなだめる如
くマッサージする

術もなく痛みに耐へてゐる時の携帯メールに
万の優しさ

麻痺の足ひよんと上がりて朝はきぬ魔法の様
な神経根ブロック術

夏雲の変化ぼんやりながめゐし心に変化生じ
て夕映え

鳥形の羽根のブローチ胸に止め飛びたいときに飛べない私

難儀な日々きりぬけ庭木に水やれば萩も芒もそよ風を呼ぶ

歌会に出席かなはぬもどかしさ潮音短歌をひと日味読す

わが庭　　　　　　　平成二十三年

「キャンパスに絵を描く如く」と造園の心技に取り組む庭師を見つむ

「庭石は並べるにあらず据ゑるもの」土を摑んでどっしり座る

わがための飛石大小つづくなか遊び石あり此処になごみぬ

ライラックの春待つ庭に植ゑる枝ゆさゆさ揺れつつ共に運ばる

庭木うゑ草花うゑてわが庭の三月十日空さえわたる

断層破壊

日本列島断層破壊に大地震こころの底まで揺
さぶられ居る

五百キロの断層破壊に大津波街そして村がつ
ぎつぎ消えた

被災地に容赦なく雪　救援に百三十ヶ国めがねのくもる

「頑張れ日本」世界の人の声きこえ地球はひとつの家族となれり

避難所に黙して座るひたすらに爆発しさうな心隠して

原発事故

一本の桜は瓦礫の中に咲き顔上げること皆に教ふる

「ダモクレスの剣」か原発五十四基危険はらめる日本列島

「安全神話」崩れ去りたり目に見えぬ物との
戦ひ日毎焦りが

繁栄の中にも常に危険あり地震列島いま再考
を

原発事故に馴染めぬ数字教へられ野山は緑濃
き六月に

職失くし家にも住めず避難の人をわが故郷は
温かく迎ふ
（騎西町）

三ヶ月被災者「心の幻滅期」くじけずどうか
明日を信じて

日めくりは三月十一日のまま置かれ死亡、不
明者二万三千四十三名
（百日目）

平成二十四年

君　は

魂を抜くごと津波は退きゆきしと苛酷な情景
君は語れり

被災地の子供の笑顔は裏返し苦しみ想ひ空を
見上げる

子を亡くししも親でありたし子の為に瓦礫で
作る携帯ストラップ

瓦礫の山日常つまる息苦しさどうにかしたい
どうにもならぬ

津波ラインを桜ラインに置き換へて教訓とな
す子孫守らむ

野趣好み

野趣好みすすき野菊に風を呼び木蔭に美男葛
の赤き実

蒔絵萩の揺るる幼木ひもすがら未来を持てる
ものは頼もし

秋晴れの空の下へと花々を持ち寄り開く「楽市楽座」
（野草里親クラブ）

野草野鳥の好み延々と語らひて冬夕焼けを背にして帰る

昨夜の雨冬をどどっと運びきぬ耐へなむ今宵半月傾《かし》ぐ

垂れ桜　　　　　　　　　　　　平成二十五年

植ゑたるは三年前の垂れ桜いま憂愁をはらしくるるよ

雨に咲く垂れ桜の哀れさにいくたりもの人の足を留める

寒冷前線通過に花々庇ふわれ子育ての日のあのときのやう

突風に身震ふスミレにあてがふは百円ショップの淡色角鉢

名簿より歌友の名消えて寂しめば病とたたかふ声とどきくる

インコ

無精卵三個抱きしわがインコ女の性のまなこの哀れ

どうすれば良いのか卵を取り上げてインコと我と頬ずりしあふ

忘れよと夕焼け空は明るむにはらりはらりと
紅葉《もみぢば》はらり

飛び去りしセキセイインコが頭を占めて夜の
静寂にこゑの幻

あこがれの大空汝は飛びゐるか窓まどあけて
待つ日々なるに

喜寿

平成二十六年

雑木々の芽吹きにときめく朝は来て思ひのとどく日となる予感

新緑の山懐に抱かれて祝はれてをりわれ喜寿となる

「石橋《しやくけう》」の舞に祝はれふつふつと過去甦る襟
を正しぬ

真心でもてなす茶の湯を教はりて今真心でも
てなされゐる

京の食ゆるりと心ゆくまでの時間は思ひを深
めてくるる

逍遥

雑木々は腕を広げて冬空の茜の雲にあこがれ
て立つ

山鳩よ春の来たるやその声に呼び覚まされて
ひとつ寝返る

春陽のなか弾むこころを表して靴音たかく乙
女子はゆく

晴れ渡る今日を如何にと思ふときテニスコー
トに歓声あがる

菜の花にもつれあふ蝶眼で追ひつつ朝の会話
のふいに浮かびぬ

蛇行する江戸川ゆるり流るるを雉子の一声静寂やぶる

逍遥の足は止まりぬ草原に自我を放てる雉子の鋭き声

飛行船夢零しつつゆくものか「乗りたい」と叫ぶ男子の眼

白王の牡丹貴女にみせたくて共に真向かふひとときを得る

珊瑚樹の垣根の出合ひなつかしむ蜻蛉の塒おそひし幼日

如何な武勇持ちし人かや此の古墳武人埴輪に守られてゐる

廃棄銃

平成二十七年

廃棄銃の人形《ひとがた》アート作品にただ呆然とたちつくしゐる

廃棄銃に母さん像は作られて差し伸べる手は平和を願ふ

ライフルの弾倉で作りしハンドバッグもう内戦は起こさぬ証

喧騒の街よりかへりくつろげば銃器の人形甦りくる

難民の列延々とつづきゐて欧州人の明日を憂へる

心から謝罪

「心から謝罪」の記事に眼の止まる「原爆投
下は戦争犯罪」と

原爆投下後七十年の極暑なり米退役軍人胸中
を吐露

一握りの人の良心知りてより戦争悪が頭をかけめぐる

同盟国はかつての敵なり人間の度量は広く大きくありたし

被爆者の実体験を聴きしとき言葉は生まれず手をにぎりあふ

オバマ大統領

平成二十九年

オバマ氏の訪問にこそ意義のあり世界の視線
広島に集まる

原爆を落とした国と落とされた国慰霊碑の前
共《とも》に黙禱

被爆者は情念と怒り内に秘め七十一年生きぬきて来し

核軍縮進まぬ現実唯一の被爆国日本先頭にたつべし

核なき世界実現へ一歩と評価するオバマ氏演説十七分も

被爆者とオバマ氏笑顔の握手には人類愛を見る心地する

いつのまにか原子力発電五十四基危険孕める日本列島

福島の実状知るとき原子力発電無くせと地団駄踏むも

秋の野

乾きゆく心が慈雨の欲しきとき秋草なびく野の道をゆく

秋天に自在にとびゐる赤とんぼ　わが世渡りに軽み欲する

秋の野は心に対話をよび覚ましゆっくりとゆ
く天《えう》々《えう》とゆく

この齢に父母恋し里こひし背戸の柿の実熟れ
しころかも

秋茜群れ飛ぶここは思ひ出の初詠草の生まれ
し境内

ひとひらの雲従へて楷の樹は赤き実ゆらゆら
秋さびて立つ

秋更けて桜も公孫樹もたへきれず身震ひする
やひらひらと葉を

キャンパスは落葉ひらひら遊ばせてかたへに
ひそと十月桜

命を包む

救急車の音鳴り交へばよみがへる暁闇のあの
夫の苦しみ

手術中孤独に耐へつつ目は冴ゆる共に窮地を
切り抜けねばと

ＣＣＵに夫を見るのみ身は疲れがんばり時と
拳をにぎる

病院の夫に逢ふたび持参する命を包む真白き
肌着

退院のやっときまりて笑顔なり息子の車に家
族は四人

四季のある国

ふかふかと落ち葉踏みゆく松林眠りゐるらし
寒の林は

雪持ちの松五、六本風にゆれ粉振るふごとく
雪を落とせり

どこまでも澄む蒼空にちぎれ雲うかべてみた
きわれの如月

春立てりピッツーピッツー呼び交はす野鳥の
声のはじけて今日は

四季のある国に生れけり春の花満面の笑みに
あへる歓び

「花恋人《カレント》」なる個人の庭は花盛り一客一亭の
椅子のみ置かれ

極まれば寄りつきがたき気はありて深閑とた
つ廃屋のさくら

花にくる蝶、蜂、トンボ歓迎し瞬時が勝負の
シャッターを切る

時雨すぎ散りし紅葉の石畳生きの命の目にし
み楽し

秋晴れは胸すっきりと大空に向かひて今日の
生命うたはむ

十日町の雪の中より翁いふ「不公平だよ関東
の晴れ」

傘寿

平成三十年

お出掛けはどの服どの靴どの鞄パナマ帽子で
ばっちりの私

弱きながら傘寿を迎へ息子たち集ひて善くも
よくもと祝ふ

茶道なる道に連なりきしわれに今日ありしこと温かきかな

生きる力言葉の力信じ来て身に宿る日の夕べに感謝

相応しく生きむと思ふ年齢に秋ふかまりてお香聞きあふ

ありのまま生きてゆくのよ我のみの一度の人
生いまの呼吸で

こんな日のくること思はず学びきし折々の歌
浮かびて万感
（高崎亘代先生）

短歌一首応募してより胸内に小さな明かり点
滅しきり

和の庭の四季を遊楽に過ごしきてガーデニングコンテスト金賞賜はる

優先席欲する眼してゐしか立ちくれし人ににつこり会釈

素人の字画占ひほめことば二十九画天命生きむ

あとがき

お茶と短歌を趣味としてきた私だが振り返ってみると色々な事が浮かんでくる。楽しかった事、病に苦しんだ時の事、全て私の人生そのものである。八十歳になった今元気に過せて居る事が嘘のように思える時もある。

お茶を習い始めたのは結婚直後、「僕たちは若くて礼儀を知らない。お茶でも習ってみようか」という主人の言葉に同意し、一緒にお稽古を始めた。

季節を重んずる世界、お道具からお菓子、お花に至るまで春夏秋冬を意識させ、年数が経つにつれお茶は総合芸術だと実感した。

床の間の花入れに野草が楚々と咲いているのを見る時、別世界に誘われることもある。自分も咲かせてみようと思いたった時、新聞に「野草里親倶楽部」会員募集の記事をみつけた。送られてきた種を蒔いて花を楽しみ、出来た種を送る。故に里親なのである。早速入会し今も楽しんでいる。

お茶会の席に自分の咲かせた花が生けられ、お客様の会話が耳に入ってきた時、私は黙ってうなずいている自分に気がついた。

また流山博物館友の会に所属していた二十三年間に、研究号や会報誌を書くために、あちらこちらを取材して歩いた。今となっては大変懐かしく、良い体験をさせていただいたと感謝している。

その頃文章講座の文学散歩では、勉強した本を現地で朗読し写真を撮っては歌も詠む。実に楽しい旅の数々であった。

昭和六十一年、流山広報で短歌会の会員募集を知り、九月に入会したのが潮音流山会であった。その時から高崎亘代先生の指導を受け、その年の十二月に「潮音」入社となった。その時先生は「飽きず焦らず諦めず、此の素晴らしい歌の道を一緒に参りましょう」とおっしゃられた。それから三十二年間一度も欠詠することなく、周りに助けられながら今日に至っている。

こんな日のくること思はず学びきし折々の歌浮びて万感

高崎先生最後の歌会の時の歌である。

平成二十六年から平山公一先生に指導していただくことになり、現在に至っているが、歌会は大変楽しく休むことなく続けている。

この度歌集を作りたいと思いたち、先生に相談をし出版の運びとなった。

「潮音」に載った歌を年度順に選び、歌集に編むことの難しさと大変なことを実感した。私の稚拙な歌が歌集になった時、どんな声が聞えてくるか心配をしつつ楽しみでもある。

出版にあたり平山先生には懇切丁寧な指導をしていただき、序文もいただきました。有り難く御礼申し上げます。

太田青丘先生、絢子先生、高崎先生に感謝をしつつこの文を綴っております。木村雅子先生には出版のお許しをいただき有り難うございます。また何時もお世話になっております流山歌会の皆様、「潮音」の選者の先生方並びに役員の方々に御礼申し上げます。

最後に六花書林の宇田川寛之様、未熟者の私に丁寧に教えて下さり、有り難うございます。また私の初めての歌集を綺麗に装って下さいました装幀の真田幸治様にもあらためて御礼申し上げます。

平成三十一年二月

野口三重子

略　歴

1938年１月23日　埼玉県加須市に生れる
1963年　結婚
1980年〜2004年　流山博物館友の会所属
1986年９月　流山歌会入会
同年12月　「潮音」入社
現在「潮音」同人

〒270-0114
千葉県流山市東初石３－103－78

雁金草

平成31年４月25日　初版発行

著　者──野口三重子

発行者──宇田川寛之

発行所──六花書林
〒170-0005
東京都豊島区南大塚３－24－10－１A
電 話 03-5949-6307
FAX 03-6912-7595

発売───開発社
〒103-0023
東京都中央区日本橋本町１－４－９　ミヤギ日本橋ビル８階
電 話 03-5205-0211
FAX 03-5205-2516

印刷───相良整版印刷
製本───仲佐製本

ISBN978-4-907891-81-7 C0092